夢のあとさき

志田静枝

竹林館

夢のあとさき

扉詩

夏空

夕暮れの夏空は
灰色一色のキャンバスだ
白い雲が湧き出て陣取り
威張っているさま
何を思うかあの空は
濃い灰色のチョッキを引っ掛けて
暮れゆく空に悠然と流れてゆく
瓜二つの親子雲が並んでいて
私に一抹の盛夏の暑さを
忘れさせてくれる夏空だ

灰色の空の画布に私は
何色を使って絵を描くか
今思案している最中だ

頬紅をさすように薄紅の色もいい
それとも紫色をのせようか
これまで越してきた私の歩いた道
戦後の貧しさはあったけれど
思えば温かい光の中にあった
淡い温もりのあの感覚は
ずっと今も続いていて
その想いをあの空に描きたいのだ
終戦前後の軋んだ　あるいは混沌…
その日常…

それでも私には夢があった
あの空の一角に私は水色と
黄色の絵の具の線を引くだろう
平和の象徴である黄色
そして薄紅色も交えて…

扉写真　著者

志田静枝詩集　夢のあとさき　目　次

Ⅲ

夢のあとさき

I

駅

いつの頃からか　出来そうで
思いかなわない駅がある
新幹線の　長崎駅
待てども　はるかに
故郷は遠くに　ありて

海辺の村

通り過ぎた日々の
子供だったころ
小さなシイの実を煎った
カラカラと煎った
深々と雪降る日に

雪平なべで
シイの実を煎った
海辺の家にいろりがあり
父がいて　母がいて
二人の幼い妹もいた家

あの海辺は今もある
けれど父母はもういない

知り人も少なくなり
平成変革の波に村名の
小郡村は消えた

私の心の支柱だった村
過ぎ去ってしまっても
胸の奥に消えることのない
澄んだ小川と輝く石を今も
大切に抱いている

お盆がくる

盆菓子を買いに百貨店へ行った
スーパーの売り場と違って
きれいなお菓子が並んでいる
私を惹きつけたのは
小さくて可愛い京菓子たち
ああ…可愛いなあ…
うす紫の葡萄の菓子を
一個　二つ違いの弟の分に
私の記憶に無い弟は脳膜炎で…
五ヶ月の命だった

きれいな菊の花菓子を
もう一個　双子だった弟の分に
この弟は私が小学校の五年生時に

生を享けた戦後生まれの子
ペニシリンの無い時代に肺炎で死んだ
粉ミルクも無い敗戦後に
押し麦入りの御飯を炊きながら
その汁を掬い冷やして飲ませた
長女だった私も必死になって
母の代わりをしたけれど
七ヶ月の命だった
双子の　もう片方だった子は
健在でいいおじさんになった
去年の春に職場を定年退職した

ピンク色のハスの花形は
父への供えにしよう
日本が台湾統治時代に高雄州の
警察官だった父
魂は風に乗り母と二人で台湾へ
旅をしたのだろうか

母と写る台湾人のオウレンホーよ
あなたは男なのに民族衣装の
スカートをはき腰には短刀さげて
遥かに過ぎた日々を想う…

透明で透きとおる中に
赤や黄色の実入りのお菓子は
母に供えてあげよう
胸の奥に偲ばせていた人の顔を
今日は一人ひとり思い浮かべ
店内で懐かしむ私がいる

唐辛子　――長崎にて

浜のまち商店街をぶらぶらと歩いた
昔よりもずっと国際化の風情を感じながら
ふらっと入ったスーパーマーケットでは
見知らぬ野菜の花盛りだ
赤や黄色、オレンジ色に混じって薄紫の
唐辛子が網の袋の中から私を呼ぶ
きれいね、思わず手に取って見る
大阪で暮らす私には花と野菜の畑がある
今年は唐辛子を植えるの忘れていたわ

一袋の唐辛子を私は買い求め
列車に揺られながら五時間余りの旅を
私と唐辛子は大阪にやって来た
こんなに人の多い場所に来たのは

唐辛子よ　おまえは初めてだろう
ここは大阪だ　騒がしい街だよ
ずっと灯りは燈りっぱなしだから
寂しくはないはずだ
灯りの消えない街と言われているが
これから一緒に暮らそうな…

佐世保ハウステンボス園内

――変なホテルにて

娘と二人で故郷に旅をした
ハウステンボスは夏の盛りを過ぎて
青息吐息のさまを脱出したばかり
九月半ばの風は広いテンボス園を渡る
いたる所にこれから植え付けの花たちが
ダリアや菊、バラ、名も知らぬランなど
一群れになり色どりを添えている

澄み渡る青空の下に風車が幾つもあり
回っているかと見上げてみる
風は海の香りをなびかせて私たち
母と子の間を通りぬける
変なホテルだなんて名前の扉を開けると
誰も居ない　ドアの横にも受付にも

この部屋はロボットばかり本当に変だ
テレビでハウステンボス園の社長は言った
ロボットは試験的に取り入れてみたのだと
社長は今後　試行錯誤するであろうから

絵の好きな娘のために美術館へ誘った
周りではバラ園の手入れをする人たち
私はこの美術館で幾度かゴッホのひまわり
モネやミレーの絵の前に立った
この日はそのような絵ではなく
前衛的と言うのか私たち親子の理解を
はるかに凌ぐ作品であった

少し残念だったけれど何時の日かまた
来る日があるかも知れない
娘にとって長崎は故郷ではないし
特別な胸に染みいる場ではないだろう
テンボス園内に浮かぶ船に乗った

広いので移動には船が利便性ありだ
何処からか賑やかな音楽が流れてくる
アトラクションが始まったようだ

船着き場にはバーガー屋の呼び声や
他店の呼び声もあって迷うけれど
大きな佐世保バーガーを母子とも買った
初めて食べた味はとても美味しかった
ハンバーグはもちろんはさんでいる
レタスや卵ほかにも色々入っていて
いっぱいに口を開けて熱々を食べる

敵国から来たバーガーを今では敗戦国の
私たちが嬉々として食べているのだ
美味しいね、私は言う
うん、美味しいね、娘も答える
何という幸せな時間だろうか秋の日よ
こんな日を何時までもと願いたい

そうはいかないのが日常だ

やり残したことが山ほどある
一つひとつ思い残しの無いように
生きていけたら　残り少ないこれからの
生を私は故郷の海の揺らぎにたゆたい
心は海藻をゆりかごにして揺らされ
繭から生糸を紡ぐように
命尽きるまで詩を紡いでいきたい

長崎にて

長崎の浜のまち商店街を歩いた
娘と二人でゆっくり歩いた
この地を何年ぶりに訪ねたのか
昔と違ってかなりの人が行きかう
異国の人も多く通る街
私もこの街からほど近い
長崎県西海市の出身だから
若い頃は叔母が住むこの街へ
よく遊びに来ていた
街中は路面電車がのんびり通る

いつも案内してくれていたのは
三男のマッポ君だ　あの頃は
小学校低学年くらいではなかったか

諏訪神社や興福寺だったか崇福寺？
この寺はシナの寺だと教えてくれた
いまもはっきり覚えている
医学の道へ進み母の今際の病を
見舞ってくれたマッポ君は医大生
母の腹部の膨らんだシコリを
何度もさすっていた

長い年月が過ぎ去った
従姉弟とはいえ大阪に住む私は
あの日からマッポ君に会えぬまま？
遠くなり遠くに在って思うのは
故郷のこと血の行方を求めているのだ
佐世保市に医院を開院しているとか
ほんとうにおめでとう
よかったね…
兄妹が多かったから大変だったろう
叔母さんの喜んだ顔が目に浮かぶ

姉さんのことを聞いていたよ
いま何処に住んでいるのかと
懐かしそうな顔でね…
叔母さんが亡くなった時の葬儀に
私も行ったからその時に…
大勢のお医者さん達が来られていて
立派になって…と妹は言った
そうだったの…
よかったわ…会いたいなマッポ君に
遥かに幼い男の子の顔が微かに浮かぶ

スーパームーン

今日の月は一段と大きく
すっかり色づいて
ザボンのようだ
そうだあの月をとって
ザボン漬けにしよう

さらさらと粉砂糖をふりかけて
ふる里長崎のザボン漬けは
風味があっておやつにピッタリ

旅人の心をわしづかみに
しこしこと甘く溶けて
ザボンの香りが口にひろがる
あの月をつかんで

私もザボン漬けをつくろう
もうすぐ私の誕生日
その日のために
心をこめて自分へプレゼント

春の渦

――第二西海橋パールラインを歩く

幾年ぶりになるだろうか故郷の地に
降りたのは佐世保市に住む
弟の定年退職時であった
祝いのつもりで私はハウステンボスへ直行
テンボス前には弟の家があり
二人で第二西海橋のパールラインを歩いた
華麗に光る銀色の橋　下は渦巻く物語
過ぎ去った思い出は濃密な時間となり流れた
四月初めの桜満開の時期であった

パールラインの橋の下は渦を避けて
小さなヤンマー船が揺れながら海原を進む
煮えたぎる鍋の中を覗き見ている私の目
浮かぶ島影その前には大小の渦がくるくる
円をえがき幾つも浮かび上がる

巻いては消える渦たちよ
恐ろしいほどの眼下のさま　若い日に
あの渦の海を小さなヤンマー船でよく通った
真珠養殖場でバイトしていた仲間と共に

見事なまでの景色は筆舌には表せない
けれどこの風景は多くの人にも見せたい
そんな気持ちになる景色だ
忘れることのないふるさとは胸にしまい
今回も弟に見送られハウステンボス駅から
赤い列車シーサイド・ライナーで長崎市へ
あっという間に目的地に到着
長崎駅は軍艦島とキリスト教会の二か所が
世界遺産になるかも知れない

そんな喜びを大きく取り上げて
ポスターを張り出していた
浮き立つ街の空気に私も共に溶けていく

長崎グラバー邸園にて

心躍らせての来園だった
数年ぶりに訪れたグラバー邸園は
本館の建物は改修中のようだ
白い天幕が張り巡らされて何も見えない
初めてこの場へ来た人はこの場が記憶に
インプットされるだろうな味気ないのに
普通ならばもっと感慨深い原風景が
味わえるはずなのに残念としか言えない

一緒に行った私の娘の胸にも
今日のグラバー邸園が思い出に残るのか
教会館内の色ガラスも見ぬまま通り過ぎ
私と娘は広場のベンチに憩い
花嫁さんを見た

綺麗に剪定された園内は写真撮影真っ盛り
結婚式や他国の民族衣装
多くはグラビア用の写真ではと思う

怒涛のように押し寄せる　中国からの
お客様たちはそれぞれに大きな
荷物を持った男の人も大勢いて
小荷物をバッグの横に持つのは女たち
長崎の街ではどんな夢と希望を
そして現実をカバンに詰めて
持ち帰ってくれるのか聞いてみたい
きっと平和と安定は　言うまでもない
この国の礼儀と慎みを吸収して
満喫してもらえたらどんなにいいか

中国は核を持つ国である
核の悲惨さも知ってほしい
自国で親しい友人や周りの人たちに

長崎の旅の話をしてほしいのだ
落ち着きのあるこの街を何時かまた
赤いかんなの花咲く長崎の街の
想い出を…
誰かと…紡いでほしい

長崎に燈る灯

終戦後七十年を経た長崎の街はみごとに復興を遂げ
明るくしなやかに風もこの街を包んでいる
世界に類のない原子爆弾がこの地を襲い街中全てが
倒壊したことは時が過ぎても忘れることは出来ない
この街で被爆した少年が私の小学校に転校してきた
五年生の秋に出会ったコゾネツヨシ君
頭には幾多の傷を乗せていた彼は高校入学して
間もない初夏に原子病でこの世を去った

中学校の中村先生は涙に曇る目をハンカチで押さえ
ツヨシ君からの手紙を読んでくれた
私たち中学同年生の仲間も泣きながら聞いた夏の日
　死にたくない！　先生、皆さん助けて！
悲痛な君の声は今も私の胸に刻まれたまま残る

ツヨシ君の分まで長生きするわ　また会おうね
　学校帰りの道を一緒に歩いた別れ道で会おうね
遠いあの日を思い出すたび涙が浮かんでくる
あんなに辛い悲しみは二度と再びあってはならない
小さな粒の雨が時おり顔を濡らしていく

にわか雨の強い雨脚は旅人の私を引き止めるのか
咄嗟に市電の停車する場へ駆け込むと　この地特有の
―ぬれなさったと　はよここに　はいりなっせ―
ほっこりした人々の眼差しが心地よく私に笑顔で言う
痛みを知っている街だから人々はみな温かい
異国の人の往来も尋常ではない　長崎港には続々と
中国からの旅行者が船でやって来る　観光バスは日々
港から旅行者をグラバー邸園前へ連続で運び込む

グラバー園の観光を終えた中国の旅行者の多さ
来る人去る人が交差するバス駐車場　一見数百人単位か
あれは千人単位ではと　初めて出会ったこの光景に

故郷は異国の人に乗っ取られたかと　恐れさえ感じた
大きな荷物と共に怒涛は押し寄せ
人の川の流れの中に　気付けば私も中国人になって
流れていた　多くの人の購買力は大企業の無い
この街に助けとなり　潤いは街に活力をもたらす
長崎には中国系の赤い目印の飯店が数多くあり
味を競っている　持ちつ持たれつの心情で
世界から戦争の火種を消さなければ
永久に平和の灯りを燈せるよう　祈りの鐘が鳴る

月が満ちて

夜毎の散歩道
空を見上げると
少しずつ月が満ちてきて
昨日の半月よりも
今日の月はふっくりと満ちている
明日の月も今日より満ちるだろう

満ちるという言葉は
他にもある
真ん丸に月が満ちたら満月という
潮が満ちてきたね
臨月の日が満ちたから
もうそろそろと顔を…
ほかにどんな満ちるがあったかな

母さん…

潮の目と月の因果もあったよね
お腹も満腹に満ちたしなぁ…
その言葉もよく言ったね
母さん…
漁村育ちの私は
星になって久しい母に問う

齢を重ねて　初めて私の心が
満ちているのに気づいた
何故なのでしょうか
それはきっと心おきなく
全てを吐露できるからでしょうか
詩という言葉を使って…

Ⅱ

生きる

白いサザンカが冷気に震える朝
あの人を想う
青い水のように流れた時間
古都の空気に　交わる調べは
朝もやのように消えて過ぎた
遥かな地にその調べは生きていて
微かに　掬い取れるほどの
予兆のありよう

白いサザンカの枝に小鳥が止まり
花をついばむ朝　枝は震えながら
私を手招く
思わず　満開の八重咲きの花に
頬を寄せ顔を埋める

ひんやりと冷たい感触
花よ　なぜおまえは冷たいのだ
生きているのになぜ冷たいの？

蘭の花か　幻花だったか

断崖の女王と名を付けられ
蘭の花と思われるが
見かけない花が園芸店の店先にあった
思わず買ってしまった
どうしよう　今仕事中なのに
ずっと花鉢を抱えてまわることは出来ない
花の好きな私は　もう止まれなかった
四十代後半だった
生活と仕事に一生懸命生きていたころ

隣町の近鉄百貨店での仕事から転職し
地域新聞社での仕事に変わって間もなく
慣れない仕事にも　心に鞭打ちながら
そんな日に街中でたびたび出会う

この町で医院を開いている先生に新聞と
花鉢を持っていった
先生はとても喜んでくださった
シダさん待って　もうお昼だから一緒に
そう言って何度もごちそうして頂いた

先生はお暇なのですか？　ゆっくりですね
あとは夜間になるから…
そう言って笑っていた先生は
枚方文学の同人誌に小説を書いていて
私もずっと読者でした
あれから矢のように年月は過ぎ
何度も通り過ぎた街はいつの間にか変わり
あの医院も無くなり　お会いしていない
お元気で居られるかしら先生は…

薄いピンクの幻花　断崖の女王は
その後店先でも見かけることはなかった

シクラメンの花

夕暮れの散歩道は
師走の風も急ぎ通り過ぎていく
特別な悩み事もない老境の
身体ケアーのために往復での
四十分ばかりを歩く日々
通いなれた距離を風が追いかけてくる

花屋の前で萎れて下をうつむく
シクラメンの花を見かけた
夕闇の中で白い花が私の足を引っぱる
いまにも息が切れぎれな風情に
哀れさを感じた宵
早く何とかしないと…
そんな気持ちが先に立ち花鉢を

我が家に連れて帰った

それからというもの
朝な夕な撫でるようにしている私に
みるみる元気を取り戻し
次々に白い花芽を出してくる
清楚で美しい花姿をみせてくれた
この花鉢は上から重い物が乗っかり
自由が利かなかったようだ
驚くほどの花の数はそれを物語る

それからというもの
途切れることなく白い花は咲き続け
四月になってもまだ花は残っていて
限りなく白い花が好きな私に
幸せをくれたシクラメンの花の一鉢
花時にまた咲いてくれるかな…

フロスト・フラワー

霜の花が光を吸収しながら
切れ切れに細身を
いとおしそうに抱きしめて
なお鋭利な光を放つ
気高く神秘なさまを私の目は
しばし凝視する
このありようを美と思わずして
何と例えようか私には分からない

遅い春の目覚めは
私の菜園にも遅れてやって来て
四方に霜の花が輝きを増していく
　あと少しだから太陽さん待って
あなたが輝くと私は溶けていくの
知っているでしょ…

もう少しだから…
ジャガイモの芽が出た四月の初日

踏みしめる氷の欠片がきしむ
足元で砕けていく霜柱の感触
浮き立つ心は童となり
冷えた朝の空気に溶けて
なじんで微風のなか
霜の花に魅せられた私は
周りが幻想的に見えて
おとぎの国にいるような錯覚

またたく間に消える氷の結晶に
心は捉われてしまった幻の世界
数えきれない光の反射が
胸のなかを通過する一瞬
霜の花と同化した心底
つかの間私は精霊になった

落花

ひとひらの花の終わり
命の終わり

琉球ベゴニア
紅色の衣の鮮やかさ

四弁の花びらは
くちびるの形で
わたしを見つめている

夏のひるさがり

中秋の名月

澄み渡った空にぽっかりと
浮かぶのはまんまるのお月さま
笑顔満開だ
誰からも待ち望まれて
早く早くとせかされたから
色づきかけたミカンのように

少しの黄身をだきながら
その中に愛と希望とささやかな
幸せを見いだせたら人はどんなに
生きる力とするだろう
それはきっとこれまで越してきた
私だったような気もする

まんまるの中の光と影さえ
嬉びにし人は自由に解釈をする
想像し自身を励まし
時には許しを請う日もあろう
そうやって人は生きていく
月は日々白濁と脱皮を重ねて…

三日月さん

十二月十四日前後に
流星があることを
新聞紙上で知った
十四日も　その前の十三日も
ときおり雨もよう…
諦めもせず私は空を見る

遅い買い物帰りの十五日
見上げた空に光るのは
澄みきった空の三日月さん
笑っているね　今夜の月は
流星群に会えるかな
空がこんなに澄んだ夜は

ジンジンと冷えが纏いつく
流れ星は深夜になる
それまで待てるはずもなく
冷え込む夜だから
雪になればいいのに
雪だっていつ目にしたかな

まゆ月

十月半ばの月を見る
オレンジ色した細い月
中秋の名月よりも
スーパームーンよりも　まゆ月よ
なぜ私を惹きつける

まゆ月の色の濃さに魅かれ
日ごと空を見上げて
思いを馳せる
今日は月が心なしか太めになり
日々少しずつ脱色を重ねながら
黄色の衣服を脱ぎ捨て
今夜は白いブラウス

月は白濁と流れる雲を待ち
ピンク色のレースのストールを
羽織って　今夜の月は果てしなく
恋人たちを呼び寄せる
そんな月の色だ

心いたむ花

二〇一五年終わりの夜半に
たった一輪震えて咲く白い花
夕闇のはかなさに揺れる花よ
寂しいわね　仲間がいないのは
寒すぎて花身を開くのは
辛いでしょう　私まで心がいたむ

戻ることのない今日という日に
なぜか私を孤独にする闇よ
明日は新しい年がくる
一条の光を思うだけで
幸せも共にやって来るような
そんな気がしている

白い花よ　私を虜にして放さぬ
おまえ　日々心がいたむのは
教えてよ　その訳を…
深夜の冷気の路地に咲く
白花月見草
冷たい花身にそっと触れてみる

こぼれる香り

ジンジャーの白い花
深夜の香りは時おり　ほんのりと甘く
韓国ドラマを見ている私を包む
十一月半ばの肌寒い雨の夜
すでに午前零時を過ぎて
時計の針は十五分を指している
今日の十四日に私は七十九歳になる
大阪に住み始めて五十三年を経た

よくまぁ　心曲がりもしないで
これまでよく育ったものだと思うよ
四十八歳時の私に地域新聞で働く
男性同僚のクボタサイジさんは言った
それって誉めているの？　私は言う

ああ…そうだよ…笑って言う彼は
私より六歳か七歳も年下のはず
年上気取りでいるみたい

あの日の彼はもう星の国へ
戻ることのない片道切符の旅に出た
物知りでナイーブな勉強家であった
営業で疲れて帰った私の机上に
白い花の好きな私のために
真っ白い萩の一枝をコップに挿して
気遣いをくれた人　忘れないわ
練達の文章に助けられたこともあった

仕事を含めてよく相談もした
私がずっと年上だからこれからも
話を聞いて貰えるものと思っていた
胸の中を寒風が通過する
これほどまでに気落ちしたのは

かつてなかった気がする
私の中で大きな星が流れて消えた
心の財産であった友

今月は彼の月命日
切ないほどの思い出が蘇る
ジンジャーの甘い香りのせいかしら
それとも七十九歳の誕生日は　私を
センチメンタルにしたのかしら…
不思議にも　十一月は私の生まれ月
友は逝くのにこの月を選んだか
私の机上に伝達メモはいつも「く、さん」と
　記してありましたね

そろそろ私にも迎えが来るかも知れない
そう遠くない日にまた会えるわ
その時はたくさん話しましょ…
　く、さん…

窪田斉司さん

同志として友として多くを語り合い、過ごした仲間の私からの追悼詩。
お心安らかに御冥福を祈ります。

スベリヒユという名の雑草

私の菜園はいたる所にスベリヒユが茂る
この夏の暑さも　ものともしないで
或いは寝そべり　ある時は胡座をくんで
千切っても　引き抜いても
すぐに新しい芽をのばしてくる
手にずっしりと手ごたえのある
肉厚でずうずうしいほどの感触
うっかりしていると畑はその緑の小葉に
占領されてしまうのだ
黄色の小花が目印になって
日本領土の小さな島々に
どこかの国が群がって虎視眈々と
狙ってくるのと同じではないか

スベリヒユという草　終戦前後には
食材だった　終戦時に私は小学三年生
母は　長女だった私に
ノビル　ヨメナ　他の食材を教えた
B29の飛行機が低空で飛び交う日々
爆撃に自分が遭うことを危惧した母は
命の繋ぎ方を示したのだ
妹二人も含め　生きることを願ったのだ
その頃父は終戦地中国の空の下にいた
塩を求めて中国の広大な地を彷徨い
一年後に復員した父　骨と皮ばかりで
カタパン一袋を土産にして帰った

今スベリヒユは改良されて
名をポーチュラカと付けられ
色も赤白黄色の可愛い花たちが
炎天の中で家々の庭を飾っている

シャクナゲの花

台湾高雄の山という山
その遠く霞む連なりあう嶺の麓に
春の花の香りが人を呼ぶと…
遥か昔の風は知っているだろうか
どの山にシャクナゲは咲いていたのか

長い年月を　花よ　お前に会いたいと
記憶をたどりながら遠く旅に出た父は
行き着いたのか　探しているのか
幾十年　いまだに便りはないのだが
私はずっと待っているのに

幼いころ可愛がってくれた人
達者でいるかしら　オウレンホーよ

私のためにバナナを茎から切り
一本分を担いでいつも持ってきてくれた
高砂人よ…

オウレンホーを待っていたのか
バナナを待っていたのか
私にも分からない　けれど
シーちゃんは…
レンホーが好き　すきってね…

嬉しそうに　そう言って抱き上げ
ほほ寄せてくれた人よ
もう一度記憶の無い国のあなたに
会いたい　もう一度…
それは無理であろうから

失われた記憶を　とり戻したくて
いつか再びその地を踏みたい

日本統治時代の警察官だった父を
遥かな風はいう　シャクナゲ咲く山を
母と二人で歩いていたと…

白い花のランプ

宵闇にぽっかりと浮かぶのは
花のランプ　白色月見草
ほのかに身を揺らしながら
ささやく風と
手をつなぎ　恋人になった
スキップしていても悲しいの
なぜなら…
夜半には雨が降る
会えなくなるから…

明け方に眠気色して灯るのは
花のランプ　白色月見草
朝つゆを浴びた花たちは
薄紅色のドレスを纏い

手をつなぎ　風の恋人と
夜明けには別れの時がくる
なぜなら…
命は一夜だけで尽きる花
会えなくなるから…

白粉花《おしろい》

夕暮れに寄り添って咲く花は
真っ白のオシロイ花
微かに風は揺らぎ
畑の辺りを香りが一面に埋めていく
しだいに夕景は濃くなり
宵に咲く花の香りは心に染み入る
母が好きだったこの花を偲ぶのは
きっと母に会いたいからか
私は七十六歳あと二ヶ月でまた歳を重ねる
幾つになっても聞いて欲しいこと
山ほどあるから…

この花が好きといったあの人は
今では見知らぬほど遠い人になり

人は何かを忘れながら生きていくもの
薄闇のなか一段と甘い香りが
五感をくすぐる
オシロイ花の白い花
迫る闇に凪がひと際立ちあがる
遠い夜空の星くずも
花かと思うほど輝いて見える
その星の瞬きもいつしか遠く去り
記憶の外へ流していても
時として恋しくなる日が
来るから不思議だ

オシロイ花の白い花
子供の頃に遊んだのは黒い種を
つぶし中の白い粉を手にのせて
顔に塗りオシロイ遊びをした
妹の顔にも友だちの顔にも
塗ってあげたのは微かな記憶にある

母が教えてくれたこの遊び
堅い種を摘み砕き顔に塗ってみる
誰も居ない宵闇の中で唯一人
母に会える気がして…ひと時の間
私は風の中で待っている

季節外れの花たち　――我が家の庭で

花が狂ったように咲くのはなぜ…
灼熱の真夏日というのに
黄色い山吹の八重咲きの花は
春の花なのに　あそこにもここにも
清らかに誇らしく
堂々と咲いている

炎天下に大輪の花が咲いているのは
紫色の木蓮の花　早春に咲くはずが
高い木の上に緑葉に顔を埋め
少しだけ顔をのぞかせて
恥ずかしそうに咲いている
葉陰では　しきりに蝉は声高く歌う

うすい紫色のライラックの花
リラの花とも呼ばれて

私の好きな花でもあるけれど
暑いからといって清らかな春の
香り花ではないか　遠慮しないで
誰にはばかることがあろう

人間みたいに　ぼけたりしないで
それとも温暖化のせいなのか
とはいっても昔から
四季外れに咲く花は　よく見かけた
その度に外れの花に心が弾み
一日中幸せに浸れた

花も認知症にかかるのかな
季節を間違えただけよね
間違いは人にも　往々にしてある
地球の温暖化は上昇一途にあるとか
花の好きな私は
いつ咲いていても心が満ちる

沈む夕日・出でる月

中秋の名月とはこのことを言うのか
九月半ばの夕暮れに
西空はいまにも暮れようとして
太陽は西の残光の中にあり
存在感を放っている

東の空の夕靄に　ひそやかに
ぽっかり浮かぶ月の顔
この幻想の世界はどこから来るのか
それは時空のたわむれか
ひそやかさも無くてはならない魅力だ

そのコントラストの風景
時明かりの妙に　私は釘付けになる

今までにも出会えたはずなのに
感じなかったのは忙しさのせいだ
それとも　無関心だったか

なんと幸せだろうかこの瞬間
太陽と月の巡り合わせの美は
人心を酔わせる　この日この時間
白い萩の花の落下に
そっと寄り添い手に触れてみる

昨日のこぼれ花の白萩も
形をなしたまま私の記憶の中にあり
残存とは思い出なのだ
この感覚はずっとあって
私の中で美化しながら永遠に…

Ⅲ

マドレーヌ

アツアツの紅茶に
とっぷりと浸した
濃密な味
マドレーヌ
口当たりのやさしさに
甘いほのかな恋の香り

一たび味わったら
もう　忘れられなくて
切ない想いと
何事もなかったように
過ごしてきたのは
この味を知るためだったか

初めての味をもう一度
マドレーヌに　紅茶を含ませ
時として心は恋の追跡
発祥地はフランスだという
甘美なお菓子を
あなたもどうぞ召し上がれ

プルーストの「失われた時を求めて」を
取り戻したい　私だって…

韓国ドラマ
「私の名前はキム・サムスン」より

道標

長い年月をあなたと共に歩いた日々
思うと楽しさと苦しさの交差する狭間
体力的にも私が一番輝いていた頃
あなたに出会えたのは私が四十歳
ひたむきに詩を紡ぐとき
仕事と子育ての最中だった
眠る時間をカットしながら
心浮き立つのは詩が生まれた瞬間だ

不景気とはいえ穏やかな日本の国よ
この国に生を享けて本当によかった
国土の狭さと政治の甘さは言うまい
それでも心安らかに詩が書けるのは
あなたに会えたから

詩では食べられないのよ
エッセーならね…
何とかなると思うけど…
小説なんか書かないで
百行詩を書きなさい
詩は頑張ったら芽が出るわよ
以前は私も小説を書いていたの
　大変よ…
あなたは言った

あれからずっと詩を書いている私に
芽が出たかは分からない
百行の詩もまだ書けてない
けれど私の心は花咲く春の陽だまり
女性たちの先頭に立ち牽引してくれた
あなたの後ろ姿は今も目に焼きついて
そのうちに百行詩を書きますね
いつか　きっと…

その詩をくるくる巻いて言葉の花を
束にしてリボンを結んで
いつの日かあなたにお会い出来たとき
プレゼントしますね…

師であった亡き詩人
福中都生子氏へのレクイエム

爪

晩秋もはや過ぎて冬の入り口
薄い紫色で爪を染める
洗濯物を干す指にきらりと光り弾け
パープル色の虹をつくった
朝日を浴びた手に皺が刻まれて
それでも優しく私の指に止まるのは
柔らかい紫色の虹を浴びた蝶よ
七十八歳になったばかりの爪は私の手を
輝かせ蝶にしている　その幸せは
幾つであっても変わりない女であった

時世は巡って移り変わっても
その時々の女の曲がり角を
必死に生きながら

或いは幾つもの呟きを心の底に
重ねながら女は強くなっていく
柔らかく柔軟さを保ちながら
人の世の荒波も時には突き刺さる
私は長崎の人だから水を分け合い
生きた苦しいあの終戦後の活力を
日本の国民は持たねばならない
そして何時までも丈夫でありたいと

暢気に爪など染めている場合かと
思ったりもする
今後の生き方を模索せねばならない
残り少ない日々のなんと短さに
唖然として立ち止まる
それでも前を向いて私は生きていく
終戦前後を生き抜いて
今に至っているけれど日本の
この世の中は分からないほど変わった

何も彼も政治家や国民だって
思いやる心が何時の間にか薄れている

何処かの国で日本の総理大臣が膨大な
援助費用を出すと声高々に演説している
テレビの前で私は寒々と心が痛んだ
謙虚さも時にはその姿が
美姿に変わるものを…その陰に
日本人ジャーナリスト二人の拉致された
命の危機も予知しえたはずなのに
残念で涙が溢れる　もう帰らない人よ…
ゴトウケンジさん　ユカワハルナさん
助けてあげたかった　ほんとうに…
日本全国民があなた方を忘れない

日本の食糧事情

わが国の自給食材は30%台という
せめて50%台に増やせればと思う
それも夢ではない
自国でまかなう制度が必要だ
昔は何でも植えられていた
大麦　小麦　そば　あずき　大豆
トウモロコシ　その他いく種もある
四十数年前の大阪には　まだ一面に
白いそばの花は風に揺れていた
何時の間にか見慣れた食材は消えて
高層住宅はおびただしい人々を輩出

米あまりの今こそ　米から他作へ
お店ではパンが一挙に値上がりした

米から小麦や大豆に転作の時がきた
時代はそれを求めている
この頃は日本の国を飛び出して
米や野菜　他の食材の育て方など
発展途上国へ指導に行く者も
居るらしい
テレビや新聞で紹介されている
そんな場面を見ると日本人として
誇らしい気持ちになる

発光ダイオードなるもので
無農薬野菜が出来るのも嬉しい
それでも食材の自給率が低いのは
なぜなのか…国力を付けるため
田や畑の荒れ地を国が介入してでも
農業食材会社を立ち上げるべきだ
仕事を求めている人に老いも若きも
働く場を増やすことではないか

農業だったら年齢や定年にこだわりなく
勤務体制だって体力に合わせやすい
食材自給率も自然と上がるはず

農業改革を口にする政治家たちは
名乗り出でよ　日本の食材と国土を
考えうる立場の人材誰か居るはずだ
早く手を打たないと
狭い国土がいつの間にか他国の人に
買い占められているのを知るべきだ
守りぬかねば　この国を

二十日大根

丸くてぷっくりと膨らんだ
ラディッシュと呼ばれる
赤い大根を薄切りにする
緑葉は千切りにして
塩を一振りして揉む
重石をして一昼夜置くと
程よく漬かるのだ
色も鮮やかに食欲をそそる
こんな時は主婦の醍醐味

あなたは一人暮らしだから
少しだけあげるわ
塩分は控えないとね
何時までも丈夫でいてほしい

この近年で随分と
パートナーを亡くされた人
増えたわね
あなたもそうだし…
早春の今日は畑で遊んだのよ

これからは寂しくなったら
何時でも電話してね
すぐ飛んでいくわ
近くに住んでいるのだもの
ずっと友だちだもの
これからもね
それには私も丈夫でいないと
今日からは毎日こまめに
歩くことに決めたわ…

そら豆は妊婦のように

爽やかな風が吹く五月の晴れた日に
大粒のそら豆を収穫した
ぷっくりとよく太った実は可愛くて
どれも大きな莢に三粒もの実を抱いて
まるで人間の妊婦のように…
私の心もそら豆のように膨らみ
幸せが青空と手を繋いだ日だった

時には小さな莢の　その中に
たった一粒の大実を大切に抱いて
莢は裂け　豆が半分見えている
それでもしっかり抱いていて私は
胸が痛いほど感動した
この尊いありようは　何処からくるの

それは愛だ　分身の愛…

生きとし生けるもの全てが
自然とはこういうありようなのだ
そうでなければならない　世の女たちよ
いいえ女だけではない　男もだ！
この頃の心無い人間たちは
そら豆にも劣る愛しか育ってないのか
人は誰でも愛を持っている
心の奥に秘めた優しさを
そら豆のようにしっかり抱いて
我が子を温め　護り抜かねばならない
世の中が混沌として生きにくい時世
それでも子を抱き　生き抜いて
羽ばたく子を見届けねばならない

未来の確かな日本を育てるために
行政も手を貸さねば無理であろう

昨今の厳しい雇用劣化も変わらねば
心穏やかに日々を生きていけるように
雇用する側にも切に願いたい
企業肥りはやめて　社員の懐が潤うように
世間の空気が荒れたのは非正規社員を
作り出した頃から始まったのだ

カラスの恋

ここは交野市免除川
街を二分するように幅五メートルくらいの川は
延々と続いていて主流　天の川に合流する
真夏の午後の川面のせせらぎは
多くの命を繋ぐ源だ
水中に足を浸してうつむく白鷺がいる
桜の木の枝が伸びている川面を私は
橋の上から見下ろしている
まっ白い白鷺に私は見とれていた
なんと優美で　つややかな純白だろうか
まだ若い鷺のようだ
時にはうつむき　また時には首を伸ばし
肌に触れ　抱きしめたいほど魅了された

ふと気付くと二メートルくらいは離れているか
同じ川の砂地の堆積した場にとどまり
白鷺をじっと見ている一羽の黒いカラス
一挙一動を真剣な眼差しで見つめている
白鷺に恋をしたのね…
そのさまを目撃した私は微笑みを覚えた
まさにそれは若く凛々しい漆黒のカラスだ
同じ鳥だもの　さもあろう
しかしカラス君　君だって魅力的だよー
真っ白と漆黒のコントラストの美は
めったに出会えない場面だ　しばらく遊んで
白鷺は首を伸ばして舞い上がった
その姿をカラスは見上げて眼で追っている
追いかけなよ…悔いのないようにー
人だって異人種に魅了されて恋をする

この街は歴史的にも似合う風景だ
ずっと昔　この近くには交野城があった

いにしえから免除川の流れは続いていて
誰一人この川の名を知らない人は居ない
愛される川　誇れる川　春は桜の名所地に
近隣の街からも桜を愛でに人が集う
川面に浮かぶ花筏の行方に気をもんだり
この地に住むようになって
早や五十年になろうとしている
落ち着いた田舎街のたたずまい
長崎県出身の私を多くの温かさで
包み込んでくれた街
この地で会心の詩を書き残したい

軋むとき

巡ってくる季節に関係なく
身体のどこかの骨が音を立てて
軋むのです
何処ですか痛いのは？
医師は言う
腕が上がらなくて困っています
足の甲も腫れていて痛くて…

うんうん…頷きながら医師は
胸の写真を撮りましょう
高齢だから肺に水でも
或いはこんなに数値が高いのは
化膿の個所はないか気になりますね
医師は言う

血糖値はろくでもない数値です
医師の声が荒くなる

こんなにも熱い気持ちをあらわに
ぶつけてくるのは私の身体を
心配してくれているのに
私としたら呑気に構えている
医学に対する無知ゆえです
先生ごめんなさい…
これから気を付けます…

と言ってみたものの
何をどう気を付けたらいいのか
何時だったか先生は言われた
りっぱな糖尿病ですから
毎食前には血糖値調整剤のベイスンを
朝食後には高血圧降下剤のアムロジンと
ブロプレスをまた

高血糖値降下剤のアマリール
0・5錠も忘れずに…
夕食後にはリピトールを

食事制限しなければと思いながら
ついオカキや甘い物に手がいく
その辺りが毎日の戦いになる
色々やってる人だから長生きしないと
心残りになりますよ！
詩を書く私に気遣いの言葉をくれる
重々心に響きます

詩の朗読帰りに　――風の会にて　七月十九日

暑かった日が今日も暮れようと
彼方に浮かぶ雲の白い綿毛に
桃色の夕陽がそそぐ
千切れ雲は後から後から
追っかけられているようだ
早く早くと応援したくなる
それでも楽しそうに
一面にバラ色の光の海で
泳いでいる白い雲

今日の朗読会のゲストは
名古きよえさん　詩と絵画の
コラボレーション
心弾む時間は人を幸せにする

飛行機雲は飛ぶように去って
大空は徐々に茜色を露わにした
車窓の向こうの日没は
あでやかな雲の乱舞
あの茜雲を掴んで家に帰ろう

台湾の地を再び踏みたい

記憶のない国　台湾
いつも夢見るように抱き続け
思い続けていた台湾南部に
この二月地震が発生した
今年こそはぜひ訪ねたいと
私の悲願でもある
私の幼いころ住んでいたと聞いた
高雄にほど近い距離ではと思う
被災に遭われた人々に
お見舞いの言葉をかけたい

十六階建て住宅倒壊で
業務上過失致死傷の罪で建築業者は
起訴されたと新聞紙上で知った

百十五人死亡とある
建築コストを下げるため
設計図を変更し必要な資材を
使わなかったと認定された
いくばくかの利益を出そうと
やってはならないことを仕出かした

悔やんでも亡くなった方々は
戻ってはこない　人の欲は醜いものだ
一度は必ず行ってみたい国
父は私に話してくれた
台湾の山にシャクナゲが咲いていて
遠くに居ても香りが漂ってきたのだと
山全体がシャクナゲで良い香りに包まれ
もう一度行きたかったが叶わなかった
そう言って笑った父

何という山だったのか尋ねたいが

もう父はいない
私の中で台湾は幻のようで
故郷のようで懐かしく
ずっとこれからも私の懐に咲く
シャクナゲの香りが
いつまでも漂っている

ソウルの夕焼け

初めて会ったのは秋の日だった
すでに六年を経たことになる
日本で友人になったキムさんから
パソコンを通してソウルの夕焼けが
送られてきた
何という美しさだ　その赤色は
今にも燃えだしそうな
強烈な赤い色
キムさんと私の絆を繋ぐ証は
誰にも止められない
そう言いたげな赤色だった

家が十八階なのです
前は学校だから遮る物もなくて

とても広いのです
あまりにも綺麗なので
シダさんにもお見せしたくて
写真を写して送ります
彼女はそうメールで伝えてきた
キムさんはパソコンも強いのね
あなたは日本語も英語もそれに
中国語学校も卒業したのよね
これはすごいことです…

キムさんと私は世代が違うとはいえ
私は語学も出来ないし
パソコンにも弱いけれど
一歩ずつ努力してみるわね
キムさんはよく私を誉めてくれる
一冊の詩集の書評が書けるなんて
すごいことですと
ありがとう　その言葉に力を貰える

書評と言えるほど書けてないけど
韓国は教育熱心な国だと聞く
きっとキムさんも努力を重ねて
今があるのでしょうね

隕石展にて

世界六カ国の隕石展に出会う
これまでに興味のない世界であった
ギベオン鉄隕石
ナミビア・ハルダプ州にて発見
約4億5千万年前に落下とある
そっと手に持ってみる　冷やっとしている

キャニオン・ディアブロ鉄隕石
米国アリゾナ州／バリンジャー・クレーターにて発見
約500万年～15万年前に落下とある
また手の平に乗せてみると
この石もやはり冷たい
今の季節は夏　心地よい手触り

ムオニナルスタ鉄隕石
スウェーデン最北端キルナで発見
発見年代１９０６年
約80万年前に落下とある
同じくこの石も冷たい

鉄隕石オクタヘドライト／カンポデルシエロ鉄隕石
アルゼンチンにて発見
発見年代１５７２年

鉄隕石オクタヘドライト／シホテアリン鉄隕石
旧ソ連邦ウラジオストックにて発見
発見年代１９４７年２月12日

鉄隕石オクタヘドライト
アルゼンチンにて発見
発見年代・落下年代・共に不明
どの石も手の中で微かに冷たくて

私の身体に冷気をくれた

石質隕石（普通コンドライト・NWA869L5）
モロッコ・サハラ砂漠にて発見
発見年代：不明
この石は他の石とは違った
私の手の中でほんのりと温かく
何かを伝えてくるのだ

石質隕石（普通コンドライト）
モロッコ・サハラ砂漠にて発見
発見年代：不明

*テクタイト（隕石由来天然ガラス）
中国広東省にて発見
発見年代：不明

*テクタイト（隕石由来混合鉱物）

中国広東省にて発見
発見年代：不明

こんな数の石に手を触れたのは
初めてのことだった
隕石は流れ星だという
その中に一つだけ私に心寄せてくれた石
その名はコンドライト・ＮＷＡ８６９Ｌ５
私の石　あなたと波長が合ったのですよ
係の人は言って　私に柔らかく笑った

隕石は流れ星

記憶外の年代を遡りながら
遥かな国モロッコ・サハラ砂漠から
私に会うためにやって来た
星の欠片のいとおしさよ
隕石の名は
コンドライト・ＮＷＡ８６９Ｌ５
四方に散ったスターダストの欠片は
いま私の手に握られている

星は時として流星になり落下
私の手の平の上で温かい熱気を
放射しているのは磁気なのでしょうか
大気中で燃え尽きることのない
波動を私は感じた

隕石には磁気があるという
宇宙磁力は道しるべになって
空間を伝わり地上へ

熱気を感じるのは誰にもという
訳ではないのだと
そんな人が時たま有るという
私はその一人だと　係の井上さんは言った
きっと霊感が強くお有りなのです
それは喜びなのか…否か…
もしか宇宙から思いがけない知らせが
届くかもしれない　待つとしよう

ほたる　――交野市南星台ほたる川にて

闇黒の中で次々に光るのは蛍
交差する光の乱舞
ある時は私の肩で休み
二回三回と鋭く光を放つのは
それは言葉だ
私に話しかけているのだ
また飛び交う　私まで蛍になった

一つの光の個体に問いかける
おまえに家族はいるか?
友だちはどう?
個体で光る蛍よ
ゆうらりゆうらり　闇で光るのは
それはたしかに私への言葉

浮遊しながら　友だちになった

私の心に染み入る光は
幻想と現実のあわいに　甘く酔う
おまえの放つ光に優しさと希望と
生きる力をもらった
蛍よ　知っているか
夏が巡り来るたび
人々に力を与えていることを

私に心震えるほどの若い日を
思い出させてくれた
いま胸は故郷の小川を流れる
音の調べを聴いている
蛍よ　おまえの言葉を聞いている
田舎の蛍も　大阪の蛍も
同じ色して光っている

夢のあとさき

三年以上も前に解散した
お茶会のメンバーとお茶を飲む
何処だったのかあの場所は
頭の中に霧がかかった
あの中に誰と誰が居たのかしら
定かでない…ああ…
御点前はヒライさん
先生はどうだったか分からない
イトイさん　キタムラさん
それから…ああ　分からない

並んでお茶椀を持っている私
草原の中だったような気もする
小川のほとりの水の音が

聞こえていたような
そんな気もするけれど…
きっと何時もお世話して
もらっていた側だったから
私の中にインプットされていて
ああ　みんなは何処に…
霧が深くなって

ミモザ・カクテル

ほのかに甘く　かすかな酒の匂い
淡い黄色の液体は
これまでほとんど　縁の無い味
夜に向かう合間の空きっ腹に
染み込んでくる
詩友たちのそれぞれの思いも
語らいと酒の香りに乗り
宴の続きは詩集『菜園に吹く風』に
向けての序章

ながい年月　書き続けた詩に
平和賞同人奨励賞の光をあびて
誇らしさと恥じらいに包まれる
重みは徐々にやって来て

すでに詩は私の一部となって
これから　時には視点を変え
肩の力を抜き　詩を友とし遊心で
いつかまたミモザ・カクテルを
笑って飲みたい

豊かな輝きを放つ詩集

——志田静枝詩集を読む

左子真由美

志田さんとは詩を朗読する詩人の会「風」でよくお会いする。ほぼレギュラーメンバーと言ってよいほど来てくださっている。志田さんはどこかしら華やかな雰囲気を放っていて、彼女がいるとまわりがポッと明るくなるような方である。その華やぎと輝きはどこからくるのだろう。その謎を解くヒントがこの詩集の中にあると思う。

この詩集は三つの部分から成っている。

まず、最初のⅠの部分はふるさと「長崎」を描いている部分であるが、そこに志田さんの詩への姿勢を感じる印象深い一連がある。志田さんは、詩に人生の全てを注いでいるといっても過言ではないだろう。胸のすくような決意表明が次の詩に書かれている。

やり残したことが山ほどある

一つひとつ思い残しの無いように
生きていけたら　残り少ないこれからの
生を私は故郷の海の揺らぎにたゆたい
心は海藻をゆりかごにして揺らされ
繭から生糸を紡ぐように
命尽きるまで詩を紡いでいきたい

（「佐世保ハウステンボス園内——変なホテルにて」より）

詩への強い思い、それが日々の生活を磨き、目を外界へと注がせ、背筋を伸ばさせる。ひいては、それがいつしか志田さん自身を輝かせている。詩を書くことがいつしか彼女の倫理となっている。

そして、志田さんのことを語るのに忘れてはいけない場所がある。それは、先の詩にもあるように、志田さんのふるさと長崎だ。志田さんは長崎の海辺の村で生まれ、幼い日々を過ごした。幼少の頃に過ごした場所は、その人の基礎をなす大きな意味を持つ。繰り返し志田さんの詩の中に長崎が現れるのは、志田さんにとって長崎がかけがえのない大切な場所であるからだ。

今はたくさんの人が訪れる観光地、しかし志田さんの心の中には消えない思い出がある。

ふるさと「長崎」は言うまでもなく被爆を経験した地である。それを志田さんは「コゾネツヨシ君」という一人の少年の思い出とともに語り、強い反戦の思いを伝える。声高でなく、一人の友を通してその思いを伝えて見事な作品となっている。

この街で被爆した少年が私の小学校に転校してきた
五年生の秋に出会ったコゾネツヨシ君
頭には幾多の傷を乗せていた彼は高校入学して
間もない初夏に原子病でこの世を去った
（中略）
世界から戦争の火種を消さなければ
永久に平和の灯りを燈せるよう　祈りの鐘が鳴る
（「長崎に燈る灯」より）

このふるさとへの限りない愛と、平和への強い意志が志田さんの詩人としてのまっすぐな姿勢を支えている。

そして、Ⅱの部分にはたくさんの花が登場する。志田さんは花好きの人。ここには、その優しさが溢れていて、花シリーズだけでも一冊の詩集ができそうである。たくさんの花々がこの詩集には咲き乱れている。集めてみるのも楽しい。集めるとさながら花園の体をなしてくる。

白いサザンカ、蘭の花、シクラメンの花、琉球ベゴニア、白花月見草、ジンジャーの白い花、スベリヒユ（ポーチュラカ）、シャクナゲ、白粉花《おしろい》、木蓮の花、ライラック、萩の花、霜の花《フロスト・フラワー》まで。

花には花の事情がある。それぞれがみんな美しく咲けるとは限らない。黙ったまま、動けないまま、環境にじっと耐えて生きている花もある。そんな花の黙した思いまでも志田さんは感じ得る人だ。「シクラメンの花」という詩から。

花屋の前で萎れて下をうつむく
シクラメンの花を見かけた
夕闇の中で白い花が私の足を引っぱる
いまにも息が切れぎれな風情に
哀れさを感じた宵
早く何とかしないと…
そんな気持ちが先に立ち花鉢を
我が家に連れて帰った

その後、撫でるようにして育てた志田さんのもと、花は元気を取り戻し、「清楚で美しい花姿」を見せてくれたという。萎れかかった花を誰が買うだろうか。詩人の優しい心ならではのこと、志田さんという詩人の優しさがこのふとした光景に溢れている。

Ⅲの部分は、日常生活の中の一コマを描いたものが多い。志田さんは長年仕事をしながら、家事や子育てをしてこられた。明るい詩の中に生活の労苦はほとんど感じられないが、それはきっと詩の裏側にしまい込んでおられるのだろう。そして、そのしまわれた経験が、つつましい強さとなって、暗い夜に灯をともすような「詩の力」となり得るのだろう。
最後にⅢの部分から次の詩を味わいたい。

私の心に染み入る光は
幻想と現実のあわいに　甘く酔う
おまえの放つ光に優しさと希望と
生きる力をもらった
蛍よ　知っているか
夏が巡り来るたび
人々に力を与えていることを

（「ほたる――交野市南星台ほたる川にて」より）

このほたるは、詩によって人々に力を与える志田さんそのものだと言っていいかもしれない。このほたるの光のように、志田さんのこの詩集が人から人へと手渡され、その詩がたくさんの人の心を潤すことを願ってやまない。

あとがき

日々焼けつくように暑かった夏も過ぎ去り、朝夕は随分凌ぎやすくほっこりと心も軽くなった今日この頃。

日本の四季はほんとうに素晴らしく、厳しい暑さに耐えた後には涼しい風を運んでくれて、なんと幸せな日々でしょうか。

前回の詩集『踊り子の花たち』出版から三年が経ちました。もう少し日を経てからと思いましたが、思い立ったが吉日と考えることにしてこの度、大阪の竹林館から第四詩集『夢のあとさき』を刊行することになりました。

竹林館は私も会員の一人である関西詩人協会に関わっている出版社です。後だしの詩も何編もあったので、社主の左子真由美様には編集上、多くの負担をおかけしたうえに、跋文も書いていただきありがとうございました。

表紙は韓国の友人、若い金さんからソウルの夕焼けを写して、送っていただいたもの。夕焼けの美しさに魅かれ表紙に使わせていただきました。彼女にお礼をこめて…。

詩の大半は発行している「秋桜・コスモス文芸」に掲載した作品です。

毎月一回の「詩を朗読する詩人の会『風』」（中尾彰秀氏主宰）には、ときどき出席、詩を作る仲間との時間が楽しく夢のよう。

これまでに出会った多くの詩人の方々へ感謝します。

二〇一六年十月一日

志田静枝

志田静枝（しだ・しずえ）

1936年、長崎県に生まれる。
2007年4月より詩誌「秋桜・コスモス文芸」主宰。

所属　関西詩人協会・日本現代作家連盟・日本現代詩人会

既刊詩集
　『夏の記憶』（1999年　ひまわり書房）
　『菜園に吹く風』（2004年　ひまわり書房）〈「現代詩・平和賞」同人奨励賞受賞〉
　『踊り子の花たち』（2013年　コールサック社）
　『夢のあとさき』（2016年　竹林館）

現住所　〒576-0054　大阪府交野市幾野1-14-2

志田静枝詩集　夢のあとさき

2016年12月20日　第1刷発行
著　者　志田静枝
発行人　左子真由美
発行所　㈱竹林館
〒530-0044　大阪市北区東天満2-9-4　千代田ビル東館7階FG
Tel　06-4801-6111　Fax　06-4801-6112
郵便振替　00980-9-44593
URL　http://www.chikurinkan.co.jp
印　刷　㈱国際印刷出版研究所
〒551-0002　大阪市大正区三軒家東3-11-34
製　本　免手製本株式会社
〒536-0023　大阪市城東区東中浜4-3-20

ISBN978-4-86000-350-0　C0092